はがき随筆集

ほつほつたどる

文・有水洋子　写真・金澤啓

海鳥社

野仏やほつほつたどる郷里《さと》の秋

発刊に寄せて

この度、はがき随筆集「ほつほつたどる」を出すことになりました。私は人とコミュニケーションをとるのが大の苦手です。人の前に立ったり、大勢の人に囲まれたりすると、いつの間にか小さく自分を縮めてしまいます。

その私が、八十路まで辿りつけたのは、小さいころから本を読んだり、何かしら書くことの楽しさを見つけたりしては、一途に自分の情熱を傾けてきたことが、己を保つための大きな支えになったのではないかと思います。

私の文章は、ぼつぼつの歩みで一貫性もなく、全くの自己満足ですが、人生を支えてくれたことに感謝しています。

私は幼稚園教師として、三十六年間の教育人生を過ごし、平成二年五十八歳で幼稚園を退職しました。

自由の身になった私は、ささやかな楽しみとして、毎日新聞「はがき随筆」筑豊版に短い文章を投稿するようになりました。新聞紙上に私の作品が掲載されるとうれしさがこみ上げてきました。同じ時期に、「筑豊毎日ペングループ」にも入会しました。当初は会長さんに原稿を見ていただきながら、仲間の皆さんとの交流が深まるなかで、書くことのむずかしさ、深さ、楽しさを満喫し、私も会長の役を務めさせていただきました。

そんな時、金澤啓さんから「すでに発表済みの作品をまとめてみませんか」というお話をいただきました。出版の経験もない私でしたが、共著という形にして金澤啓さんの写真を挿絵風にアレンジして、お手伝いしていただくという言葉に甘えて、精一杯生きた八十五年の歴史を人生の証として、活字に残そうと決めました。

　題名は二人がそれぞれ五つずつ出し合い、自薦、他薦を交えて二人で決めました。「ほつほつ」や「たどる」の意味やイメージを出し合い、今までの人生と重ね合わせながらの楽しい時間でした。金澤啓さんの発案に感謝します。

　もうしばらく、この小さな「ほつほつ旅」を続けようと思います。

平成三十年一月吉日

有水洋子

はがき随筆集
ほつほつたどる

目次

はがき随筆集

ほつほつたどる

文・有水洋子　写真・金澤啓

夫の料理

二十三回目の結婚記念日、風邪で起き上がれない。夫の手料理にはまだあやかったことがない。「みそ汁と焼き魚でもいい、あなたの作ったものを食べてみたい」。日ごろから私のブツブツの種は尽きない。「ホラッ」。夫が持つお盆には、真っ白な湯気の立つお粥、焼き魚、みそ汁、梅干し、海苔。うわあ、おいしそう。お米から炊いたお粥は、固からず柔らかからず……（これは初めてではないな。甘えていたんだな）。

とにかく食べついた二十三年目の夫の手料理でした。

（平成七年三月五日）

丹念に炊いて熱あつきのご飯

飾り窓のある部屋

モグラおどし

猫の額ほどの我が家の菜園。「そんなにくっつけたらいけんやろが……」。

花作りでは知らんふりのだんなまで手伝って、四季折々の楽しみをもらっている。

今日は、この菜園に一度に音が入り、景色もかわいく華やいだ。ペットボトルで作ったモグラおどしのトリオだ。太郎、次郎、花子と命名。

風車もどきにガラガラガラガラ。地中のモグラどん、聞こえているかなあ？

退職以来の初仕事だったね。作者さん。ヒマ人に、のどかに過ぎる六月の午後でした。

（平成七年七月七日）

土塊《つちくれ》にまだ日のぬくみ大根蒔く

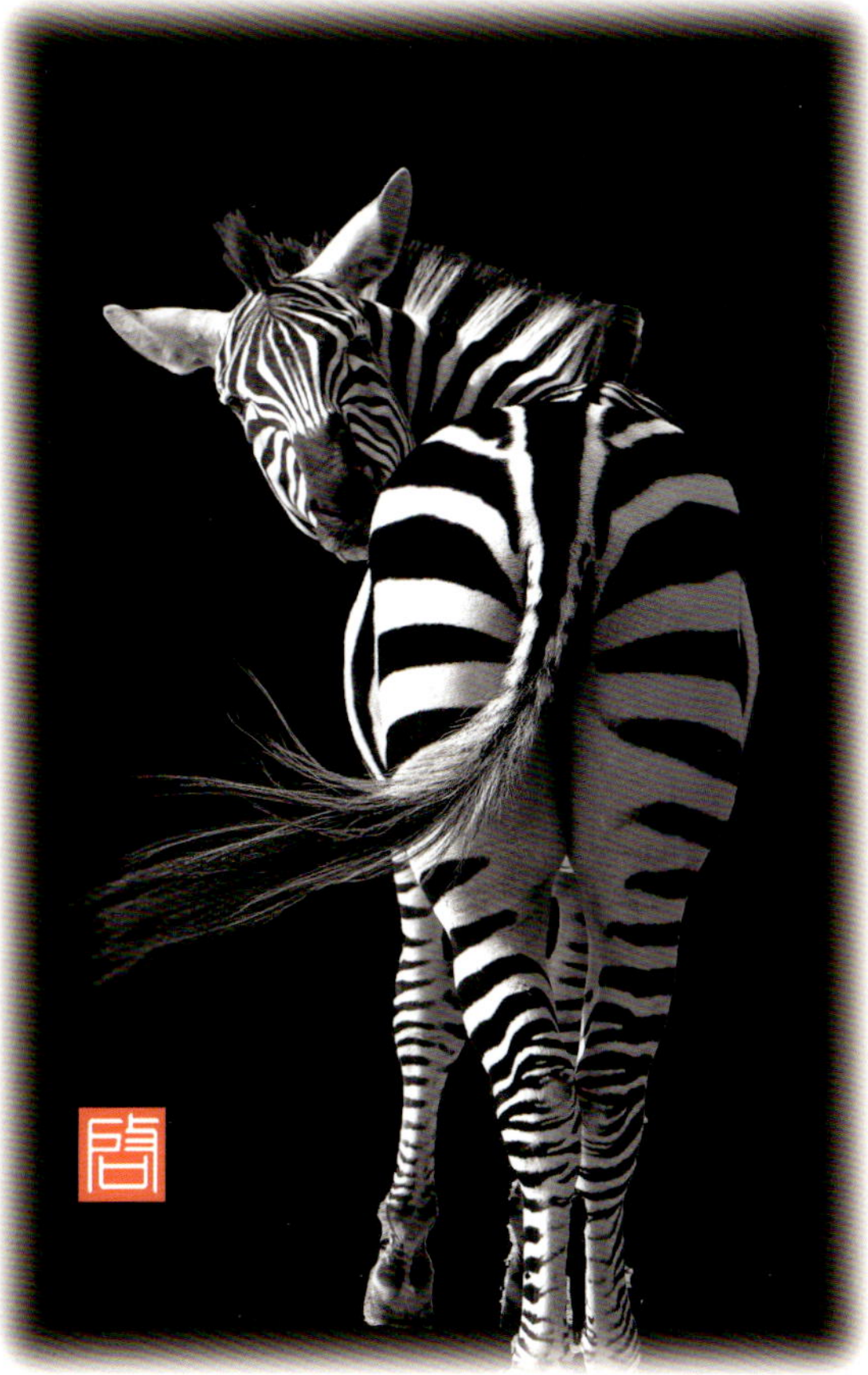

なに見てんだ！

ありがとう

長い間の共稼ぎの私を助けようとして始めた、夫の洗濯癖は止まらない。今朝も、私の夢にバックミュージックが入っていると思ったら、早くからガラガラと音がしている。靴下も、下着も、クリーニングに出そうとのけておいた婦人おしゃれ着も、そこらじゅうの物をみんな飲み込んで……。

干し方だって何の秩序もない。「あれあり、これあり、後ろ前あり」。ばらばらに竿を占領し、はためいている。

洗濯物と、お日様と、夫の心が遊んでいるようだ。妻殿は「ありがとう。ありがとう」と、しわを伸ばしながら畳んでいます。

（平成九年八月二十八日）

海苔《のり》粗朶《そだ》の金の入日と遊びをり

同じになろう！

共感

沸き続けたワールドカップ。四戦目は一対〇の惜敗で日本戦は終わった。こんなに気持ちを高ぶらせたのはいったい何だろう。夕飯の支度もそこそこに夫婦仲良くＴＶの前に座る。躍動するイレブン戦士は挑戦そのもので美しかった。なかでも個の顔からリーダーの顔に成長した中田英寿。いち早く開花した才能をチームに貢献する姿は嬉しかった。戦果は大きいほど良いが、挑戦する若者の真っしぐらな姿に昭和一桁の私まで感動した。このことはさらに大きな戦果となり、先へつながることだろう。トルシエ監督と共にありがとう。

（平成十四年六月二十七日）

草笛を吹いて少年二人連れ

UFO 出現

子どもの夢

近所の女の子が、雨も降っていないのに真黄色の傘をさしている。買ってもらったうれしさがこぼれているのだろう。小麦色の肌と眸が美しい。

ああ、我が娘も小学校入学のころ「行ってきます」を「お帰りなさい」と家を出たり「お母さんのために頑張ってくるよ」と言った時代があった。今は働く女性だが、まだ一人なのが気になる。

例の女の子は、またひまわりのような傘をくるくると回している。話しかけても答えないが、心にどんな清れつな夢を見ているのだろう。末永く希望の二文字に恵まれるように祈る。

（平成十六年六月二十四日）

二児を抱く父となりたる夜食かな

今日も穏やか

般若心経

朝晩夫に灯明をあげる時に、般若心経を唱えている。七十二歳の頭で覚えきれるものかと言っていたが覚えてしまった。

お遍路さんがブツブツ言いながら鐘を鳴らし歩いているのを見かけるが、若い方ばかりではないのにすごい信念だ。

自分には遠いことのように思っていたが、夫を亡くし、お寺に関係のできた今、「ごいんげ」の言葉も真意が伝わる。

亡き人は「風や星、光、鳥となって、お墓の前にはいない。泣かないで」（新井満氏）とあるが、お父さん（夫）、一生懸命に覚えた私の般若心経を、どうぞ聞いて下さい。


（平成十六年七月七日）

大方の忌をとり終へぬ春時雨

ひたむきな想い

ポケーッ

青空に引っ張られて町へ出た。早速、お隣の奥さんに会う。自転車の上から私を見るや「有水さん頭、頭」と。あーら、真っ赤な網カラーを一ケ、髪に巻き付けたままではないか。流行の服を着て、おすまして歩いていたのに……さぞおかしかったであろう。帰りは車と平行に歩き、途中で左折の予定である。あら、横断歩道は青なのに、車と一緒に赤信号方向で止まっている。夫を亡くして閉鎖的に過ごしている自分の姿丸出しである。心の奥底で夫の声がした。

「オーイ、しっかりせんか」

「うん、わかったあ」


（平成十六年七月二十二日）

湯煙の街ゆっくりと冬ざるる

外は雪んこ降ってるよ

空蝉

庭の手入れをする。わくら葉の中に指を突っ込むと、温かくほこほこしている。おや、空蝉《うつせみ》が一つ。去年の夏、鳴き通した合唱団の一人なのだろうか？　短い命を燃やし続け、魂の抜け殻となった彼（彼女）は、厳しい冬の寒さにも耐え、小さくとも端然とその姿を残し、今もモノトーンの世界に生きている。なぜか私は、その空蝉がいとおしく思えてきた。腐葉土のしとねをかき分けて取り出す。少し濃くなったセピア色に、形はそのまま背中曲がりだ。あの色男光源氏の君ではないが、その抜け殻が空蝉の小袿《こうちき》のように見え、そっと手のひらにのせた。

（平成十六年八月十八日）

蝉時雨あけ放たれし杣《そま》の家

これからどうしましょう

体重

若い時に五十二キロあった体重が三十キロ台になり、馬力がなく歯がゆい。
繊細だから文も書けるのよ、と、人は言ってくれるが（私だけでいいから）食べたら消化、食べたら消化といきたいのだ。神様にもらったこの体、ケセラセラーとあきらめてはいるものの……。
うとうととする。どえらい目盛りの体重計に出合う。ピンと五十台に跳ね上がる。ああ、この満足！　下がったあ、一瞬の夢。気短にならず、あのヨガの動きになろう。この猛暑で蟬の声だけがうるさいが、亡き夫が「夏だよ」と言っている。そうだね。

（平成十六年九月十八日）

たけくらべまたひもとけば明易し

哀愁・風の盆

青春絵巻

若い時に、少ない給料の中から一冊ずつ求めた日本文学全集は私の宝物であった。あの青春の絵巻をもう一度読もう。

ところが、はたと困った。字が小さい。でも虫眼鏡を片手に、まず漱石の坊ちゃんを楽しむ。赤シャツや山嵐の名前が懐かしい。旧制中学のバンカラ教師たちの繰り広げる世界は本当に面白く、今の若者と心底は同じかも知れないが、純粋で、ユーモラスで活気がある。

四方八方から気遣いのアンテナに縛られている、ストレスたまりの今の若者は可哀そうだ。特に教師たちは小さくならないで。さあ次の青春絵巻は何にしよう。

（平成十六年十月三十一日）

祝《ほ》ぎごとの整ふ朝の鳳仙花

明日の夢を追いかけて

心一番

私は同級生のチイちゃんに会うと、なぜか心がほっとする。夫を亡くして落ち込んでいる私に「クリご飯を炊いたばい」と、きょうも元気を車に積んでやって来た。おいしい物を作っては届けてくれる。

教職夫婦だったが、十三年前にご主人を亡くした先輩で、立派に後の家庭を築き上げ、今ではつらい人を見つけては、心の相談者となっている。表に出ない心寂しい老人はたくさんいる。みんなチイちゃんの前向きな姿と優しさに救われている。いつも有《あ》り難《がと》う。私も早く立ち上がり、人を和ませる人間になりたい。

（平成十六年十二月十五日）

螻蛄《けら》鳴いて庵《いおり》をたたく風もなし

そよ風と私

元　気

ミモザの花が枯れ葉を押しのけるようにあちこちに突き出している。老梅も紅梅もそれぞれの輝きをみせている。暖かい春の到来の近いことをしっかりと感じて、友達の家に向かった。

Ａさんは、お寿司を作って歓待してくれた。船の帆をあらん限りに張って、人生航海を続ける彼女は、いくつになっても威勢がいい。過去の話、未来の話と盛りだくさんだ。アルコールも心の酔いを添えて、反論したり同調したりで、気楽な女性三人の集いで、時のたつのも忘れた。人生おしなべて皆同じの結論に達し、元気をもらった一日だった。

（平成十七年三月九日）

春光を両手にすくふ子と並び

ごきげんいかが？

弁当

木瓜《ぼけ》、紫大根、ノースポール、黄水仙。我が家の庭が彩りを見せ、華やいできた。幼稚園児の弁当を思い出す。

そう言えば、働いていたころ、忙しくても、弁当作りは楽しかった。夫には明太子《めんたいこ》や塩サバ、煮物などで手早く大胆に。高校生の娘には、彩りに気をつけた。最後に花を一輪飾ったりした。弁当箱は、いつも無口だが、空っぽで戻って来たのでうれしかった。そうだ。あんなことがあったっけ。赤色が欲しく、ニッケ玉で代用。夕方「きょうはあめ玉弁当やったね」と言うと、「ばかじゃない」と一言。やっぱり……。思春期でした。

（平成十七年五月十九日）

子の声のあちこち弾け雑煮食ぶ

乙女ごころ

男の視線

回覧板を持って行こうと思い、Tシャツスタイルに傘をさし、亡き夫のツッカケを履いて、イリコのような身を日照りの中においた。

行き先でご主人様いわく「女の人が男の人のツッカケを履いとるとは魅力のあるとげなちですよ」。へー。

男物を女の人が履くと、足が先の方にすっぽり納まり、後ろが余っていても、歩きやすく転びにくいので、私は愛用している。でも家庭を経験した男性の目線がそんな所にまで注がれていたとは。夫婦愛としての安心感だろうか？　世間の男の方、そうなんですか？　驚いたー。

（平成十七年七月四日）

野蒜《のびる》とる女に声の生まれけり

かわいい意地悪

徒然に

空が割れたように稲妻が走り、雨が降ってきた。どんどん降る。変なことを考える。

あの宇宙の空間から、丸い地球に降っている……。野口聡一さんを思い出す。そして、数十億の世界人口を抱えた惑星がぽっかり浮かんでいるのだと思うと、自然の不思議に感動を覚える。

雨風の日、雪や炎暑の日、穏やかな日。森羅万象の摂理の中の、ちっぽけで、たまゆらの自分。まだ雷鳴は続いている。

そうだ、小さい命よ。明日に向かって精いっぱい手足を伸ばそうではないか。生きている証しだ。

（平成十七年九月二十八日）

懐しの飯台囲み冷奴

瑠璃玉あざみの願い

一言で

夕方、近くの中学校前を通った。五時半を過ぎているというのに、運動場や教室から、元気な部活の声や音楽が聞こえる。玄関前には先生たちの車がびっしり。皆下校の様子はない。
大変だなあと思いつつ、通り過ぎようとした時、上から走ってきた一人の男子生徒。私に「こんちわあ」と。思わず「こんにちは。頑張って」と返した。
黙々と走り去るランニング姿が美しく、誰にでも声をかけられない不安な時代に、まだ、学校教育の健全さを実感した。

（平成十七年十二月三十日）

子等の靴遠くへとべば鵯《ひよ》の声

君を照らす

娘のあいさつ

ガチャガチャと勝手口の鍵を開ける音。このごろ嫁いだ娘が初めて来たのだ。うれしくて、内心にんまりとする。すると「ただいまあ」。あら。しばらく話して「じゃあ行くよ」と戻って行った。

次回は「おるとう」。満面の笑みで「おるよう」。私の健康を見届けると「じゃあまたね」と出ていく。

きょうもガチャガチャ音がして「来たよう」。ラーメンを食べると「帰るよう。元気にしとかなよ」と嫁ぎ先へ。

出入りのあいさつの仕方が変わっていく。寂しいが当たり前のことで仕方がない。いとしさは募る。

（平成十八年四月十一日）

孫と来て戯れ捥《も》げる茄子かな

囲まれて舞姫

貴方へ

彼岸のお父さん（夫）お元気ですか。

銀杏《いちょう》の季節になりました。あのお話をしましょう。元気だった貴方《あなた》は、会社の帰りに櫛田神社で十数粒の実を拾い、素手でむいたと言って、私にくださいました。

その夜からポツポツポツと出始めた体の発しんは、瞬く間に頭から全身に広がり、もう大事な部分まで……。火のような姿で、こりゃいかんと病院に走ったあの記憶は今でも新鮮です。

お別れしてもうすぐ三年ですね。おそばに行ったら、また無知な夫婦の会話を致しましょう。此岸《しがん》の用事が済むまで待っててね。


（平成十八年十月十六日）

唐辛子無口のままの父の盃

そっと逢いたい

翻　弄

若い血潮の予科練の……。

道端談義に花が咲いた。相手は元特攻隊員で、自治会のお世話をしておられる。長身で七つボタンがよく似合われただろうな、と思いつつ、たぎる心で耳を傾けた。

夜の飛行訓練、硫黄島玉砕、沖縄を含む本土決戦、原爆の話、終戦後のことなどなど。温厚な語り口の奥に、ほとばしるような悲壮な決意と覚悟があったのを見た。そして平和を説かれた。

六十有余年前、信じて国のために散っていった若い魂。家族のことが気になったであろう多くの兵士に思いをはせ涙した。考えさせられる一日だった。


（平成十九年二月十八日）

沖波の尖《とが》りて鷹の一つ舞ふ

この歌をあなたに

程々がいい

「ペンを折ったと?」と電話がかかる。いいえそうじゃないけど……。なかなか文章を書けない私への随友からの温かい励ましである。経験したことのない猛烈な暑さに、〇・五馬力の私は立ち往生していたが、秋の気配にやっと人心地を取り戻した感がする。きょうは火の前に立ち、何年ぶりかのオムレツを作り、心が柔らかになった。私が元気になっていくように、社会も、ワーキングプアなどなくなるような優しい社会にしてほしい。子どもの環境も大人の環境も、今夏の焦げつくような暑さと同じ気がしてならない。

(平成十九年九月十六日)

里芋の葉に先づは盛る施餓鬼膳《せがきぜん》

高原の秋

新しい生命

娘が分娩室《ぶんべん》に入ったと一報を受け、落ち着かない気持ちでタクシーを走らせる。午前八時十三分、「生まれました！」と婿が出てきた。三一三二グラムの女の子。付き添っていた白いエプロンの婿の顔がまぶしかった。

初孫は安心したのだろうか。保育器の中で紅葉のような両手をいっぱいに広げている。パパそっくりだ。

五体満足で生まれたことに大きな感謝をし、親子三人の幸せを祈る。私も遅まきながら、おばあになれました。どんなかかわりを持てるのだろうか。心の池にまた水を入れなくちゃ。

（平成十九年十二月三日）

今生《あ》れし孫を抱けと菊日和

祭りの子

いい日

きょうは夫の命日で、お寺さんのお参りをいただいた。落ち込んでいた私に、四年の歳月は「もっとしっかり生きろよ」との彼の声となり、今は穏やかな日々である。途中から二カ月半の孫がやって来た。急に場が華やぐ。孫娘は母親の胸の中で安心しきったように自分の指をペチャペチャと吸っている。首も据わりかけ、縦に抱くのが好きだとのこと。澄んだ目で私を見つめている。うーん、どの方向から見ても赤ちゃんは可愛い。ごいんげ様との話も弾んだ。

お父さん、あなたの見たかった娘の花嫁姿も孫も、私がまとめて冥土のお土産にしますよ。

（平成二十年二月二十六日）

茶の花や母恋ふ心消へぬまま

朝の語らい

母親

五月二十日付毎日新聞の四川大地震の記事で「お母さんはあなたを愛していたよ」の遺書を携帯電話に残し、逝った母親のことを読み、涙が止まらなかった。

両手を地に突きひざまずいて子に覆いかぶさり、如何《いかん》ともし難い自然の脅威に我が身を晒《さら》したのだ。生後三、四カ月の嬰児は無傷で、すやすやと眠っていた、と報じている。

女は弱し。だが母親は強し。物質文明に居住する私たち。刹那《せつな》を、悲しく、強く、優しく、美しく生きたこの若い母親に哀悼の言葉を捧《ささ》げたい。

日本人の遠い祖先をも垣間見る思いだった。

（平成二十年六月八日）

凍蝶《いてちょう》の覚めて番《つがい》のまま去りぬ

料金受取人払郵便

博多北局
承認

7225

差出有効期間
平成31年6月
30日まで
(切手不要)

郵便はがき

812-8790

158

福岡市博多区
奈良屋町13番4号

海鳥社営業部 行

通信欄

通信用カード

このはがきを，小社への通信または小社刊行書のご注文にご利用下さい。今後，新刊などのご案内をさせていただきます。ご記入いただいた個人情報は，ご注文をいただいた書籍の発送，お支払いの確認などのご連絡及び小社の新刊案内をお送りするために利用し，その目的以外での利用はいたしません。

新刊案内を［希望する　希望しない］

〒　　　　☎　（　　）

ご住所

ご氏名《フリガナ》　（　　歳）

お買い上げの書店名

ほつほつたどる

関心をお持ちの分野

歴史，民俗，文学，教育，思想，旅行，自然，その他（　　　）

ご意見，ご感想

購入申込欄

小社出版物は全国の書店、ネット書店で購入できます。トーハン，日販，大阪屋，または地方・小出版流通センターの取扱書ということで最寄りの書店にご注文下さい。なお、本状にて小社宛にご注文下さると、郵便振替用紙同封の上直送いたします。送料実費。なお小社ホームページでもご注文できます。http://www.kaichosha-f.co.jp

書名		冊
書名		冊

忘れないでぬくもりを

孫娘

ほらほら、あらあら、いいよ、と周りの温かい笑い声を背に、孫娘はテーブルの上で、オリンピックの新聞を破っている。

つかまり立ちをしてどこへでも行こうとする。渾身《こんしん》の力で踏んばる足の形はパパそっくり。

自分中心の生活圏を広げるので、物をのけたり置いたりで貴女様様の毎日にこちらも大変。

ママの顔に安心したのかにっこりして部屋を散らしている。

這《は》っては立ち上がる。おや、片方の足がもう前に出そうだ。まだだよ。

進もうとするこの勢いは私に大きな元気をくれる。

この子は誕生日前に歩くぞと言って、父親が高い高いをした。

（平成二十年九月五日）

少年の手に包みたる蛍かな

私をみてよ

大きくなあれ

一歳二カ月の孫が近くのブランコへ来た様子。日差しを浴び、ママの胸の中で揺れている。

豆嵐だあ。慌てて下にある物を高い所へ移す。ティッシュケース、ゴミ箱、電話など大好きだ。

やがて家の中に入り、物差しを振りながら部屋を荒らしていく。一時もじっとしていない。

音楽がきこえると、両手両足を広げ、肩を揺する。言葉ならぬ声で歌の継続を求める。

まあ、いまどきの子やねえ。

しばらく遊ぶと可愛い豆台風は、バイバイをして去った。元気薬を得たお婆は笑って後片付けだ。ピョコピョコとやって来た春の使者さん。

（平成二十一年二月二十日）

囀《さえずり》のひと日をおさめ森眠る

くつろぎのひと時

思い出し笑い

家の庭も春色になった。それぞれの花が自分を主張している。眺めていると、夫と行った沖縄のデイゴとブーゲンビリアの美しかったことを思い出した。

これからはもっと旅行をしようねと楽しみにしていたのに、七年前に旅立ってしまった。三十二年間の暮らし、幸せだったよ。

ある時、テレビの「新婚さんいらっしゃい!」に出ようかと言って私を笑わせたね。

また、買い物に行く途中で手をつなごうかと言ったね。私は知らぁん顔をした。今、花を供えながら、笑ってあなたのことを考えています。黙ってつないでくれればよかったのに……。

(平成二十二年五月九日)

晩秋の葉《は》摺《ず》れの音の寺を訪ふ

心のときめき

幸せ者

三年ものの日記帳を捲《めく》って感じる。年ごとに字が大きく内容が薄くなっている。一日の動く量も減った。険難険難……。

彼岸花の蕾《つぼみ》がつんつんと伸び、秋の気配も濃くなった。虫の音集《すだ》く今宵《こよい》、縁側に出てみる。冷気が心地よい。

あーら、お月様が大きくまん円《まる》だ。兎《うさぎ》さんをおなかに入れ、星一つを従えて「元気出せよー」と言っているかのよう。早速、随友の洋子さんに連絡し、二人で電話月見をする。

彼女は上品な声だが、私は地声を張り上げて「出た出た月が」と歌ってしまった。名月が二人を引き寄せ、楽しい夜になった。


（平成二十一年十月一日）

憧れのこころ減りゆく初日記

旅路の安らぎ

初めての運動会

十月九日、二歳の孫の運動会を見に行った。雨も上がり、保育園の運動場は可愛く整備されていた。

入場門から出て来た体操服姿の孫は、「もう泣かないよ」と言わんばかりで、皆の中に溶け込んでいた。そして精一杯走り、精一杯踊っていた。ダンスは上手だったよ。よーくリズムがとれて、見せ場を作ったね。

アンパンマンの大きなメダルとおみやげ袋をもらって、いい顔をしている。生後五カ月の妹も、ママと一緒に旗行列に参加。パパはファインダーを覗くのに大忙し。お婆《ばあ》にいい時間をありがとう。

（平成二十二年十月十七日）

鈍色《にびいろ》を纏《まと》いしひと日蛙鳴く

鹿鳴館

お医者様の笑顔

勝手口の上がり框《がまち》に片足をあげたまま、床にドーンと胸を打ちつけてしまった。握っていた朝刊も大根も吹っ飛んだ。

レントゲンの結果、「ひびは入っていませんよ」。一カ月ぐらいすると痛みは薄れ、自然とこのことは忘れてしまった。

その後、いつもの通りにあちこちの痛さを訴えて病院へ。お医者様から「胸の方はどうですか」と言われ、ハッとした。にっこりとして、「おかげさまで良くなりました」。お医者様もパッと笑顔になられ、「良かったですね」と。

先生の笑顔はとても大きく、温かだった。


（平成二十三年五月二十八日）

海髪《うご》一朶《だ》砂にへたりて海を恋ふ

春の息吹

コンサート

十二月二十三日、「第九·ｉｎ宮若」が開催された。誘われるまま一席をいただいた。久方ぶりの音楽との出合いである。
第一部はフルート二重奏で始まり、全員で「きよしこの夜」を歌った。第二部は待望の交響曲「歓喜の歌」。不滅の名曲は、音楽に暗い私も血が沸きあがるような感動を覚えた。
ダンスは、弾ける若さがまぶしかった。後ろから「ブラボー」の声。快い緊張の中で、心が癒されるひと時でもあった。ステージを盛り上げてくださった方々、一体感をありがとうございました。

（平成二十四年一月九日）

久し振り顔揃ひたる炉を開く

聖夜の誓い

静かな時の中で

今日は亡き夫の誕生日。命あれば、八十四歳になるのだ。

子育て時代を振り返ると、若くて元気のあった私、協力してくれた夫。忙しくて、子育ての形は不完全だったが、ひたすらに子供を愛し続けた。子供もそれを分かってくれた。

それでいい。

母親となった「宝物」は、四歳の孫に向かい「ママの目を見て言いなさい！」と言っている。あれっ、その言葉は、私が昔あなたに言っていた言葉だ。

穏やかな秋の日が、きょうも私の、心の物語を優しく包んでいる。

宝物は四つに増えた。


（平成二十四年十一月十八日）

縫ひあげし蒲団に跳ねて子の二人

一家相伝

命を教えた日

来年は一年生という五歳児三十七人が、円く座っている。

「皆さん、命って知っていますか」。首を横に振っている。

「今日、お風呂に入った時、そーっとお胸に手を当ててごらん。ドクッドクッと体の中が動いているのが分かるよ。これが命なのよ。この音がなくなったらね、死んでしまうの」

「皆一つしか持ってないのよ。先生はね、生まれてくる時に、私だけには二つ下さいと神様にお願いしたの。だって代わりがあれば安心だもん」。ずるーいの声。「駄目ですって」

「そう、一つしかない大切な命。気をつけて横断しようね」


（平成二十七年十月二十三日）

師走道なれば一拝石地蔵

話をお聞き！

ちょっといい話

家の近くにあるパーマ屋さんは、忙しい私の息抜きの場として、長年にわたって支えてくれている。

その店は四十歳ぐらいのご夫婦の経営で、みんなはそれぞれ男先生、女先生と呼んでいるようだ。男先生は精かんな体つきでヒゲ面。女先生は細身のうえにうらやましいほどの色白。

お客の少ないある日、鏡の前で私が「胃が痛くなったり、髪の毛が異常に抜けたりして困ります」と言うと、女先生は「私も腎臓《じんぞう》が悪くて透析に通っています。息子は『大きくなったら僕のを一つお母さんにやるよ』と言います」と。

終日、立ち仕事をこなし、健康そうに見えるのに「あら」と思った。その後、お姉さんの腎臓をもらわれたと聞いた。

何カ月かして、女先生は「ふっくらとしたお顔になられ、きれいな髪になりましたね」と言いながら、私の髪を手入れしてくださった。

「ご心配かけましたが生えてきました」と言うと、「私も入院中、広い地球の中のたった一人ぐらい死んでもいいと思いました。でも、そのたった一人の生命のために昼夜、働いてくださる多くの方のあることを知り、生きなければという気持ちになりました。人の情けがうれしく、これから私も人に優しくしようと思います」と答えた。

五十路もやがて終わりが近いのに、髪が抜けるのも胃が痛くなるのも、みんなストレスからだと、私はいつしか優しさを失い、己を振り返ることを忘れていた。女先生のポツポツとした口調は、幼い日の母の教えのように素直に私の心に染みた。

「ああ、そうですね。私は人に対し、あんなにしてあげたのに……

と、どこかで見返りを求める心が起こります。見返りを求めてはいけませんね」

私は涙をぬぐっていた。「そうです。親切にしたら、その人からでなくてもどこかで別の形で戻ってきます」。そう話される女先生の顔は柔和であった。

街角の身近なパーマ屋さんで心の教育を受けるなんて今日はいい日。しばらくでも素直な気持ちにしてくださって、女先生ありがとう。


（平成三年十月二十二日）

いつも側にいるよ

幸せ雑感

明け方、天地をゆする春雷に目覚めた。雨が止むと私の足はひとりでに花畑へ向かう。

昨秋、ペンクラブの吉田さんにいただいて植えた矢車草、かすみ草、金魚草などは、篠つく雨にもめげずしっかり根を張って立っている。あぁよかった――、花の命よありがとう。露玉の光る中で私はふっと幸せな気分になった。

若いころ少しばかり文学少女だった私は詩集を読んだり山に登ったり、木洩れ日の山あいを散策したり喧噪《けんそう》から逃れるのが好きであった。特に自然のぬくもりは私を限りない解放感へいざなってくれた。

その後厳しい現実は私のロマンを奪い、しっかり者のレッテルを貼られ、ひたすら背伸びの人生であった。買いこんだ文学全集も積みたてたままの本である。

職を辞め自由人になった今は、好き勝手に暮らせる幸せを実感している。白内障を気にしながら少しの読書や編みものを楽しみ、幾度となく花畑をのぞく。忙しさで見えなかった花びらや葉の一枚一枚が優しく語りかけてくれ、誰にも束縛されない本音の自分である。俳句や英会話も始めたい、いや、あのこともしたい。

それは若いころから切望してやまなかった大雪原でのスキー、これはもうあきらめよう。もうひとつ、オホーツクの海を南下する流氷を見たい、マイペースで山にも登りたい。

そうだ気楽にいこう、さまざまな思いに揺れながら、主人と二人の幸せな余生を……。

ひとりじゃないのよ

見えるようになりました

目は心の窓と言われるように体をつかさどる大切な灯台である。今私は、その灯台の大修理中である。

亡き私の母は、若い時は緑内障に晩年は糖尿性網膜はく離となり、提出などの書類は父の仕事であった。そのせいか私も早くから遠視や白内障が出て、いつも眼鏡のお世話になっている。

平成四年十一月、左目の白内障を手術した。退院してわが家へ帰る途中、犬鳴の山々の紅葉が燃えるように美しかったこと、見はるかす連山の尾根がくっきりと弧を描き望めたことは、今思っても素晴らしい感動である。

退院後は医師に読み書きや草取りなど、下を向くことを禁じられ、忠実に守った三カ月は頭の中が真っ白であった。

両眼のバランスをとるために、今は遠視である右目にコンタクトを入れる練習をしている。（左目は手術で軽い近視に調整ずみとのこと）その上に老眼鏡をかけると、両眼とも、一・〇の世界が広がる。運転免許更新もＯＫだ。

しかし、自分の顔の老いの醜さも正直に鏡に映してくれ、がく然とする。夫は「そんな顔と今分かったのか」と。風呂の湯あかや、室内のうすぼこりまで……。

昔なら暗黒の世界のままであったろう。医学の神様に限りないお礼を言いたい。失明対策まで考えた悲しき日々、二度いただいたこの目を寿命まで大切にしよう。また字が書けます。お医者様有り難うございました。


（平成五年十一月）

ウミネコの春

沖縄への鎮魂

この四月、沖縄へ行く機会を得た。夫婦が健康で、二人旅のできる幸せに感謝しながら。

機上での一時間余り、沖縄のことを考えてみる。大東亜戦争、基地、観光。まず脳裏に浮かぶのは、ひめゆり学徒隊や多くの犠牲者のことである。戦跡を訪れよう。

一面焼け野原だったというパイン畑や町並みを通り、ひめゆりの塔へ向かう。日本で唯一の地上戦で、真っ盛りの青春を奪われ、永遠の眠りについた学徒の皆さんに頭《こうべ》を垂れたい。尊い犠牲の上に今の自分があることを思い、粛々とした気持ちであった。

しかし、期待は裏切られた。商魂たくましい献花売りの声と、肩を触れ合わんばかりの観光の人の波、Tシャツルックにアイスクリームを食べながらぞろぞろ歩く姿にはげんなりした。私の体は押しやられ、厳粛な気持ちはどこへやら。資料館の中は当時の様子が復元され、生存者の方が話をされていたが、聞く人もまばら。実体験のない人にはただの観光でしかないのだと淋しくなった。

私は並んだセーラー服の写真に「怖かったでしょう。ひもじかったでしょう。熱かったでしょう」と語りかけて、めい福を祈った。摩文《まぶ》仁《に》の丘に折り重なる屍《しかばね》を思い、昼なお暗い断崖絶壁の砦《とりで》に、若き兵《つわもの》を思い、胸が詰まった。黙とうをささげる。

今年は本土復帰二十年。首里城も復元された。語りべによると、復帰のお陰で経済は復興し、教育水準も上がったが、人情味が薄れ、琉球王朝伝来の文化が滅びゆくので悲しいと――。

だが、基地と沖縄を自然の土壌として育った現代の若者たち、素晴らしい知恵で先人の築いた文化遺産を守り続けるだろう。

青春をささげたあの若者たちに、せめて一度、ファッショナブルな背広やドレスを着せてあげたかった。でも清い心で散った皆さんは心の中で永遠に若く、美しい。それは那覇空港で私を迎えてくれたあの胡蝶蘭《こちょうらん》のように……。二度と戦いません。

（平成四年）

水面の貴婦人

耳に残るあの歌声

太平洋戦争末期。今日もまた一人の出征兵士が送られていく。白いタスキに書かれた「武運長久」の文字が凍って見える。

兵士は戦闘帽のよく似合う美少年。列車から身を乗り出したものの、友達らしい見送りの一団とひと言ふた言、ささやいただけで、あとはお互いに黙して語らず。

そのうち、だれともなく歌い出した。「勝ってくるぞと勇ましく……」「デカンショデカンショで半年暮らしや……」「富士の白雪やノーエー……」。歌が進むにつれ、大きな日の丸を肩で打ち振り、足を上げ、歌声は叫びともうなりともなって響いた。

やがて少年兵の敬礼と共に汽車は動き始めた。その顔には一点の曇りもなく、見送る人の放心したような顔と対照的であった。

その時「オレも後から行くぞー」と旗を持った青年がげたを鳴らし、汽車を追った。

思えばいまわしいあの戦争、「七つ釦《ぼたん》は桜に錨《いかり》」の予科練や日赤の看護学生の姿にあこがれた悲しい私たちの青春……。あの兵士は？また、汽車を追っかけたあの青年はその後どうなったのだろう？

時を同じく青春を送った銃後の私たちも馬糞《ばふん》拾いや防空壕《ぼうくうごう》掘り、勤労奉仕などに従事させられた。今、こうして繁栄の中に生きている現実、感謝の気持ちでいっぱいである。

あの廃虚の中から懸命に立ち上がり、繁栄の捨て石となった人たちもはや熟年や老年と言われる年になった。私も六十路の坂を上っている。しかし、もっともっと生きてこの世を見据えたい。そして物量にも勝る心豊かな日本に向かって進んでいるのだと、先に逝った貴方たちへの冥土《めいど》の土産に報告できればいいなと思う。ついでに貴方たちが逝ってしまったおかげで私たち当時の娘が婿探しに困った話もしてあげたい。

旧満州から引き揚げて来た今は亡き叔父が酔うほどに歌っていた、「今日も暮れゆく異国の丘で、さぞやつらかろう、冷たかろう」。美しいバリトンのその声は、今も私の胸に切なくよみがえる。平和よ、憲法九条よ、永遠に――。

（平成五年三月三十日）

行く秋の厩舎にて

「清貧の思想」を読んで

現代に「清貧」という言葉が生きているのだろうか、と思いながら、この本を読んだ。

高い工業技術と多くの海外渡航者の行動。そんな日本人を外国人は金至上主義の不思議な国民とみている。

中野孝次氏は最初は外国人に良寛や西行、兼好など古人の思想と生き方を紹介しながら、日本人の真の姿を知って欲しい、今の日本は間違っているのだ、本当は物資よりも心を大切にする高度な精神文化を有する国民なのだ、と訴えたかったのだと言う。

さらに「清貧」とは単なる貧乏ではない、みずからの思想と意志により積極的に作りだした簡素な生活の形態である、と定義付けている。囊《ふくろ》に三升の米と炉に一束の薪《まき》があればいいという良寛は、「むらぎもの心楽しも春の日に鳥のむらがり遊ぶを見れば」とシンプルライフを実践した。鴨長明も「人の幸福は外見では分からない」と言って、方丈という最小限の空間に住んだ。

刀の目利きだった本阿弥光甫《ほんあみこうほ》は二両と値のついた銘もないさびついた刀を「正宗」と見抜き、判金《はんきん》二五〇枚の高値をつけてから買い取った。知らぬ顔をしていれば二両で買えるものを「省みて疾しければ己なし」と自分の心の律を大切にした。

吉田兼好は「死を憎まば生を愛すべし。存命の喜び日々に楽しまざらんや」。人間の最高の宝は財産や名声、地位ではない、死を免れないことを自覚し、今ある生を存分に楽しみなさい。鋭い死生観である。

こうした古人の思想と生き方は一部の人だけでなく、かつての一般の日本人の暮らしの中にもあった。外国人に紙と木の家と冷笑され、テレビや冷蔵庫、洗濯機はなくても狭い庭に花鳥風月のうつろいがあり、茶を飲み、語りあう庶民の心であると書いている。
この本は、物欲にとらわれすぎた日本人に「人間性を取り戻すためにもう一度出発点に立ち帰れ」と警告する作者の叫びである。私自身の生き方を問われる良書であった。

（平成五年六月二十二日）

読書への誘い

赤ちゃん

ずいぶん昔の話である。独身の私がふらりと宮田の町を歩いていると、目の前に一人の青年が立ちはだかった。

「先生、先生に見せたいもんがある」。声をかけてきたのはかつての卒園生、M君である。「あら、M君やないね。あんた、いくつになったと?」「十九です」「そして何、見せたいものって」「赤ちゃんが生まれたとです」

私はきょとんとした。「なあん、先生もまだ見つけきらんとに……」

彼は私を先導し、近くの産婦人科へ。父親の彼はするすると中へ入っていったが、私には未経験ゾーン。ためらいながらついて行った。

畳の上の小さなおふとんに、可愛い女の赤ちゃんがちょこんと眠っている。「まあ、お父さんになったんやね」。彼はうなずいたが、赤ちゃんの顔ばかり見て何も言わない。

「眠っとんしゃあき、どっちに似とるかわからんね」。先輩面して何か言おうと思ったが、上手に言えなかった。二人は壊れ物でも見るように、ほやほやの赤ちゃんを見つめていた。私はもちろん、彼もまた自然の摂理である生命の誕生に畏敬の念でいっぱいのようであった。

M君の素敵な宝物――。

しばらくして私は「おめでとう、また来るね」と言って病院を辞した。明日は赤ちゃんにお祝いを持って出直して来よう。正義感が強く、友達の不正に顔を真っ赤にして怒っていた幼いころのM君の顔を思い出しながら、懐かしい気持ちで家路を急いだ。

しかし、次の日に、病院には行けず、ずるずると月日が過ぎた。結局、それっきりになってしまい、悔やまれる。

長い歳月が流れた。あの赤ちゃんの名前は？　今ごろ、お嫁さん、いやお母さんになっていることだろう。M君もおじさんになっただろうな。先生もずいぶん、おばあさんになったよ。

それにしても思い出される。M君と私の二人だけのあの感動！　彼のことだ、良い家庭を築いているに違いない。あの時は声をかけてくれてありがとう。幸せを祈っています。

（平成五年十月二十六日）

ママといっしょ

繁栄の陰で

民生委員の役目として、独り暮らしのおばあさんを飯塚の病院に連れて行った。

千石の峠が近づくにつれ、早生《わせ》だろうか、川面に沿って稲穂の波が美しく、「ああもうすぐ彼岸花の季節ですね」と語りあいながらも、ハンドルはしっかり握った。

田園がきれ、息づく町並みの中を目的の病院へ。病院はまだ朝礼前、足しげく行き交う職員の方達に笑顔で迎えられ待合室に入る。

やがて患者が増え始めて、診療科目のせいか、時間のせいか、七十歳を超した男性老人が多い。

じっと待つ間、私は失礼ながらその一人一人に思いをはせてみた。かつてはみんな背筋を伸ばし、がっちりとたくましい体であったろう。心と体をお国に捧げ、戦中戦後にかけて日本の屋台骨を支えてきた燃える男達だったのである。今、やっと青春（老春？）をおう歌したい時、病院の門をくぐらねばならなくなった肉体。その生まれ合わせが哀しく、車椅子の丸刈りの老人が、何故か少年のように可愛く見えてきた。

サムエル・ウルマンは言っている。「若さとは年齢ではなく、心の持ち方である」と。

どうぞいつまでも、好奇心と感動する心を持ち、精いっぱい余生を楽しんで下さいと、心の中でエールを贈った。

本命のおばあさんは、患者と一体感のある優しい先生に診ていただき、無事に終えた。

帰りの車の中でおばあさんは、穏やかに「私は八十年も生きました。

今、心に残るのは日本の教育です。子どもの教育をどうかしてもらわんと死にきれません…」と。
　車は峠を越え、宮田町へ。二千年の歴史が育んだ素朴で美しい田園風景、優しくしっとりと細やかな人情、勤勉な心。これが、日本の原風景ではないだろうか。

　夕やけ小やけの　赤トンボ
　おわれて見たのは　いつの日か

由紀さおりの透き通った歌声が頭をよぎった。

（平成七年九月十五日）

待ちわびて夜明け

娘と桜

寒気団の悪戯で、今年の桜の花は潔さを忘れ、長く愛でることができた。

国花でもあり、その潔さは、ゼロ戦で多くの帰らざる若者を送り出した悲壮感や死生観にもつながるが、私はあの清冽さが好きである。

一人娘が昨年中学校に就職した時、何度か校庭の桜の花びらを、車の屋根やウインドーに載せて帰ってきた。

そのころはまだ職場に慣れず、固い顔であった。どう声がけをしても、効果の上がらない表情に、その花びらが涙の粒に見えて仕方がなかった。

あれから一年がたち、新任研修から解放されたこの春も、娘の忙しさは変わらない。〝先生って大変なんだなあ〟代わってやることのできない私は、まだ学校にいるであろう、娘を思いつつ、夫と先に夕食をすませ、入浴もそこそこに、「お先に失礼」と寝床に潜りこむ術も覚えた。

今年もまた一ひら二ひらと、ボディに紅い花びらが……でも、それは恥じらいを持ったピンクの真珠のように、美しく光って見えた。見る者の気持ちで、こうも変わるものか。

娘の表情も明るい。若さで全力投球しているのかな。周りの皆さんのお陰で、氷もとけたようだ。

娘にゆとりができ、恋を語り、一生を託すすてきな彼が現れるのはいつだろう。はてさて、私も元気にしておかなきゃ。

（平成八年）

綺麗なままで

亡き叔父のこと

一、黒潮けむる　薩摩潟
　吹上浜の　北の果
　情義は純に　俊厚く
　　東市来は　我が村（町）よ

父方の叔父、竹下三夫が作詩した、鹿児島県日置郡東市来町（現在の日置市）の町歌である。

叔父三夫は、明治三十七年、東市来町神之川に、肥後利隆の四男として生まれ、竹下家を継ぐ。薩摩隼人の血の駆け巡る私の父とは違って、もの静かで、穏やかな人だったと聞く。

学問に優れた叔父は、文学をこよなく愛し、若山牧水先生の門下生となり、短歌や詩の勉強にいそしんでいた。

青雲の志を抱いた叔父は、師と仰ぐ牧水先生の側に、近づきたかったのであろう。地元の旧制第七高等学校（現在の鹿児島大学）を受験せず、遠く離れた、旧制第一高等学校（現在の東京大学）に挑戦し、失敗する。

上京の夢破れた一青年は、無念の思いで、上市来小学校で教鞭を執っていた。

そんな折（昭和五年四月）村歌の公募に応募し、前記の町歌が誕生した。

しかし、文学に燃ゆる心と体を結核の病魔が襲う。独身のまま、三十六歳の生涯であった。

赤ん坊でふるさとを離れた私は、この叔父を知らない。ペンを握る時、ふっと、私の父であったなら……と思ったりする。

清楚にさりげなく

朝日さす縁に座れば仄かにも干し大根の匂いくるかな　　三夫

亡き叔父のぬくもりが伝わってくる。

（平成九年）

T子が逝った

昨日（平成九年六月十三日）高校時代のクラスメートだったT子が逝《い》った。

いちずで感激派の彼女は、女学校の時から、バレー部の名アタッカーで、全日本大会などに出場し、敗戦後の私達に夢を与えてくれた。また、器用な彼女は、ある日、歌と踊りの慰問団の結成を思いたった。学校の許可をとり、にわか振りつけの特訓である。勉強はしないで私も、一高の寮歌や、淡谷のり子の別れのブルースを踊り、炭鉱労働者の喝さいを浴びた。卒業後は、海水浴の帰りに、ダンスホールで踊ったこともある。T子にもらった、二つの青春である。

その後、交流は途絶えていたが、六十六年の起伏の歳月を頑張り通し、必死に駆け抜けた彼女は、だれにも気づかれず、たった一人で、静かに人生の幕を引いていた。心筋こう塞であった。あまりにもあっけない早すぎた死に、私は自分の命が削られたように、重く悲しい。

明日は「さよなら」を言いに行こう。

（平成九年八月二十六日）

静かな湖畔

夢子の思い出

夢見る夢子の私は、学生のころから、かばんの中に文庫本を入れるのが癖になっていた。

最初に手にしたのは、藤村の詩集である。『若菜集』の「初恋」「まだあげ初めし前髪の林檎のもとに見えしとき……」は、あまりにもかれんに純粋に私の心を捕らえた。また、『落梅集』の「小諸なる古城のほとり、雲白く遊子かなしむ」は、今でも私の心を慰めてくれる。

二十歳の夏のこと、大阪へ行く用で、博多から列車に乗り込んだ。進行方向に向かって二人掛けである。通路側の指定席で、ワーズワースの詩集を広げ、一人旅を楽しんでいた。

途中から一人の青年が横に座った。年のころ二十四、二十五歳だろうか。確実に私より年上である。窓際に位置した色白のすらりとした好青年は、知的な服装からして、どこかきちんとした職場に勤めている人のように見えた。

しばらくするとその青年は、自分の本を置き、私のもう一冊の詩集を「見せて下さい」と言って読み始めた。

車内は昼近く、弁当を買う人などでざわめいていた。やがて青年も弁当を食べ始めた。私も何か食べねばと思ったが、何となく心も体も固まって、トイレに行ったりして時を稼いだ。

三宮あたりだったであろうか。青年は、礼を言いながら本を返し、そそくさと下車した。

ほっとしてその本をめくると、手帳を裂いたメモが挟んであった。〈旅の途中で詩を愛する人を見つけました。共感の情緒にわき……〉と書かれ、氏名と住所がしたためてあった。その後、時々その人を思い出した。「行動いかんでは、ひょっとしたらビッグな人生があったかもしれない。

　与謝野鉄幹は、「落梅集は大人らしい情熱があり、言葉も洗練されているが、若菜集の情熱は上すべりで、用語は嫌みがある。幼稚な読者の気に入る」と評している。

　しかし、藤村の詩や文が私の精神世界を助けてくれたのは事実である。

（平成十年八月十一日）

恋は影法師の如く

年月

「お父さん、ほらこの間のあれを取って下さい。あそこの棚の上にあるでしょう」「なぁん、ああ、あそこのあれか」。夫婦の間で立派に通じるわが家の会話である。

昔はこんなではなかった。物事の筋を通そうとする私に、夫はいつも「道は曲がっとるぞ」と言って反論した。

あのころは心も体も元気だった。若いし、気持ちもとがっていたと思う。起き方だって天井を向いたまま、一秒でパッと体を九〇度にすることができ、立ち上がるや否や、複線で物事を考え、手早く処理ができた。

あまり会話のうまくない私たち夫婦は、生きるためには迷惑をかけないように、自分の領分をこなすだけで精一杯だった。家事と仕事を両立しようとする女性のほうに負担がかかり、時々「すまんね」と言う夫の言葉を聞き流したことも多かった。きっともう一人の私が「もう、本当に分が悪い」と心の中で言っていたからだろう。

どちらも定年退職の切符をもらい、勤めに出る娘を送り出すと、ほとんど夫婦二人だけの生活になった。年月を重ねるほどに身も心も緩慢になり、どじを踏むことも多くなった。相手の郵便番号欄に電話番号を書いてしまった私。よく物につまずく夫。同じ屋根の下に住む男と女は、お互いに支え合わなくては生きていけないことに、今、身をもって気づき始めている。

それにしても、時に夫は素晴らしい笑顔を見せることがある。少年のような素直な笑顔だ。そんな時、私ははっとする。意地っぱりで、いつも構えている自分が恥ずかしく、しなやかになりたいと思う。

いい笑顔をつくれるように鏡に向かってみる。「一緒にいる時のほうが少なくなってきたんだよ。心の改良、心の改良」と、鏡がささやく。

夜も更けて娘が帰ってきた。夫の顔が父親の顔になる。でもお父さん、あなたの笑顔はすてきですよ。ずっと「あそこのあれ」で通じる夫婦でいましょうね。ありがとう。

（平成十一年九月一日）

さりげない気配り

老犬の介護に学ぶ

もう水も飲みませんと、医師に告げられる。

十七年間我が家の一員だった威風堂々の愛犬ムク（室内犬、体重二キロ、白のマルチーズ）。最期を家族で看取ろうと入院先から連れ帰り、親子三人での介護が始まった。意外や意外、よく食べる。

共働きなので、一人ぼっちの娘の淋しさを和らげようとの思いから飼った犬だった。賢くて、娘と寝起きを一緒にしながら、十分に家族の思いに応えてくれていたのに……。

五月十五日、突然首が左に曲がり、足が立たなくなった。脳の一部の炎症とやらで、体を平均に保てない。目が覚めている時はほとんど自分の体を軸にして、左回りの回転移動を続けている。動きが激しくおむつはできない。排せつもままならず、鳴き叫び、要求の意図がつかめない人間様は振り回されている。

苦しむ様を見ていると、ふと人間世界でいう業《ごう》（仏様の教え）のようなものを感じ、百歳近い老犬がいとおしくなった。

己の生き方を振り返る時、私はちゃんと子育てをしただろうか。共稼ぎという言葉に甘えてはいなかっただろうか。私が今、娘に不憫に思うことは、自分がきちんと育てきらなかった部分である。

そんな中にあってムクは、長い間娘の心をケアし、家族に潤いを与え続けてくれた幸せの使者だったのである。

「衣食足りて礼節を失う」と呼ぶにふさわしい、自分勝手な時代だが、私達家族は犬といえども、恩を仇で返すことはできない。

今回の老犬介護は、親子三人に突きつけられた大きなテーマである。どんな形になるにせよ、与えられた命の灯が消えるまで、優しく世話を続けようねと話している。

汚れた体をお風呂で洗い、大好物のかしわを与えると、娘の膝の上で微かに尻尾が動く。

自分のためにだけ愛することなく、相手のためにも愛しよう。この心情、娘に分かるかなあ。

ムク頑張れ。今夜も起こされそう。


（平成十二年）

政治への不信

朝の少し遅い時間帯に町に出ると、会うのはほとんど高齢者である。一メートル先位に視線を落とし、見据えたように歩いている人もいる。彼等は私を含めて、あの太平洋戦争を戦った人達である。お国の盾として夫や子どもをとられながらの耐乏生活の中、「産めや増やせや」の国力増強政策で、どこの家もたいてい七人位の子供を育てるのが普通であった。

さらに戦後は、今日の文明を築く礎となった立役者でもある。道行く老人達が、色もなく垂れこめた雨曇のように見えるのが悲しい。

今老人は、カラフルに咲き乱れる色や、狂気の如く自由奔放に乱舞する若者の中にあって、最後の孤独に耐えているのである。

しかし、成熟した物質文明の中で闊歩しているように見える若者もまた孤独なのだ。

希望のない若者は刹那的な快楽を追い、結婚や子育てを欲しない。親を捨てたり、子どもを捨てたり陰惨な事件ばかり続出している昨今である。

近未来には一人の子どもが四人の親を支えることになるらしいが、親も子も不幸な時代を迎えたものである。

介護保険法が新しく制定されて、果たして老人問題が解決されるのであろうか。

政治家の皆さん、教育を立て直し、若者に夢を与える政治をして下さい。神にいただいた結婚や子育てというシンプルな作業を、安心して営まれるような社会に。優しい心は、やがて高齢者の幸せにもつながるのです。

国のために命を捨てた若人や、余命いくばくもない老人達の叫びです。

（平成十二年七月）

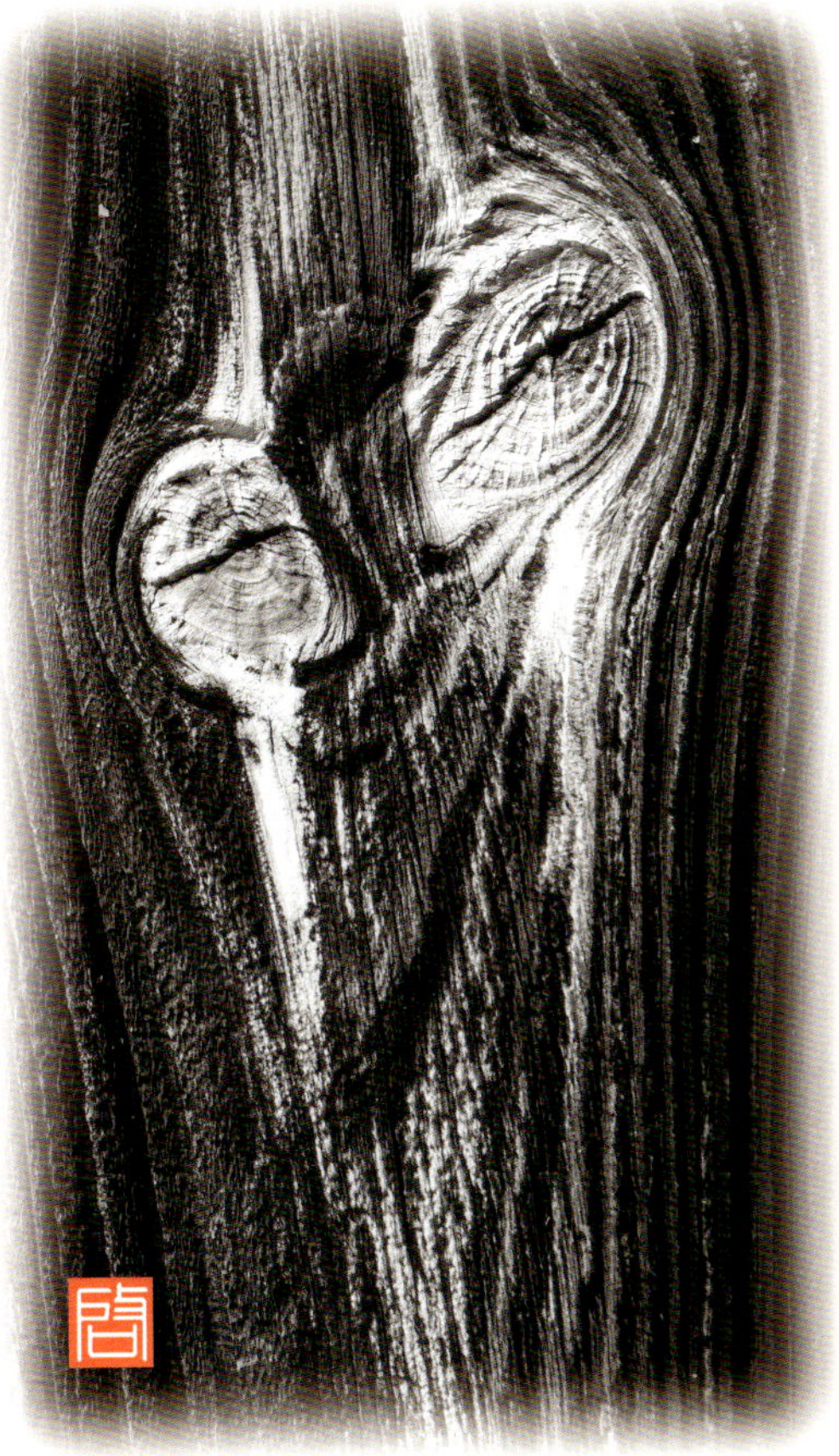

ねむいなー

旅先のふろで

昨年、夫婦で萩に旅をした折、楊貴妃伝説の風呂に入った。洗濯板のような私は、自分の体を、人様に見られるのは嫌であるが、もの珍しさと、知らない人の中、気軽に浴場へ。四十から、五十歳代前半の人達が十数人、すでに、旅の疲れをいやしていた。私も、楊貴妃が立って入ったという、深さ一二〇センチの浴槽などを渡り歩き、それぞれの、湯ぶねを楽しんだ。

そのうち、異様な光景に出合った。みんな前を隠さずに、浴場を堂々と歩いているではないか。下げた手を、ブラブラと振っている人もいる。下がっているが、豊かな胸、なだらかな丸いお尻、その歩く様は首をすげ替えると、街角で見かける、河童の像そっくりである。衰えた肉体の私は、うらやましさと驚きで眺めた。

昔、銭湯の時代には、親をまねてタオルを胸から当てがい、また、知らないお年寄りには、「背中を流しましょう」と言ったものだ。

家に戻り、この話をした。「男ぶろはどうだった?」。ニンマリともせず聞いていた夫いわく、「隠しよるぞ」「みんな?」「うーん、隠さんともおるが、大体、タオルをぐしゃっとして、前に当てとるぞ」ですって。

やっぱり。ヘアヌードはんらんの日本、美徳の価値観は変わったものだ。でも一人ぐらい、タオルで覆う人を見たかった。さて、楊貴妃は、絹の衣でもかけて入ったのでは?

冬の来る前に

その日まで

神様が決めるとしか言いようのない、人の寿命である。しかも両親の組み合わせによって、身体、頭脳、性格、健康状態の大枠が設定され、そのことは当人の人生の生き方に、半分位は、影響を及ぼしてしまうから大変である。

私も習い通り生を受け、昭和、平成の世に送りだされたが、ひ弱な神経で、よくぞ七十年近くも生きて来られたものだと、親への感謝も含めて、わが身を褒めている。

でも近頃は足腰がギクシャクし、いつも体のどこかが悲鳴をあげている。会話と健康維持のために始めた、夫婦ウォーキングも休みがちで、一日の生活内容も乏しくなった。

三年前、福智山に登った時のことである。後から来る登山者に、どんどん追い越され、喘ぎ疲れて渓流近くで休んでいると、さらに後から登って来た人が、「もうお帰りですか。早かったですね。」と言って、頂上へ向けて消えて行った。

なお先日、同級生数人と花見を楽しんだが、皆、足腰が痛いと言っている。夫婦二人暮らしの人が多く、「いつまで台所に立たんといかんとやろか。死ぬまでやろね。」と、長寿社会の不幸を嘆いている。

社会の情勢は、ほとんど、育てた子ども達との同居を許さない。昔では考えられなかったが、八十歳以上の、老人の一人暮らしは当たり前である。それだけに、少しでも足腰を丈夫にしておかねばならない。

はや、無病息災とは言えない年齢であるから、有病息災?を感謝し、かかりつけのお医者様に相談しながら、心と体の健康管理に気をつけようと思う。

兼好法師は徒然草〈一三七段〉に、逃れることのできない、死のことを書いている。古代人の想像した、常世の国は無いのである。

私も、いずれ来るその日まで、心さわやかにありたいと願う。そして来世には、びくともしない、タフな神経を神様にいただこう。

（平成十三年十月）

見つめていたい

点し続けようペンの灯

今年は筑豊毎日ペングループ（文章教室）が、創立二十周年を迎える。

来る十二月三日、毎日新聞社の加藤信夫氏を講師に招き、直方いこいの村で記念式典をあげるべく、準備中である。

この会は、初め毎日新聞の「女の気持ち」の欄に投稿する人達が、お互いの交流を通して、それぞれの文章力を高めていたのがきっかけだと聞いている。

平成二年、十年を経過した時、会員の守田さんのお世話で、私も仲間に入れていただいた。もうその時は室会長を先頭に、充実した会であった。

私の存じあげる講師は、木本先生から末竹先生、宮地先生と替わっていったが、どの先生からも沢山いいものをいただいた。

没頭することにより書く楽しみを覚え、己を晒し、いつしか自分史ができてしまった。お陰様で年月だけは十年選手となったものの、筆力は伸びないままである。

何故ならば文章を書くにあたって、同じ趣味をもつ同志であるのに、慌ただしい日々の中でもさらさらと書ける人と、なかなか筆の走らない人とがある。広く深い知識と経験をもたない筆者はまさに後者で、能力不足と共に集中が下手である。

「書かないのなら止めなさい」と夫は言う。でもそう言われると、「止めないよ」と意地を張る自分である。

それでも十年間も在籍できているのは、ひとえに会員の皆様の温かさである。近頃は〈嘉麻の里文芸誌〉にも作品を紹介して下さる。

一時は四十人近くいた会員も、高齢化や転居など、それぞれの理由で会を去った方が多く、流れる年月が、カメラのファインダーを追うように様子を捉えている。

ペンの灯を消さないためにもこの上は、会員の増加と、若いリーダーの育成が急がれる。

さあ、私も雑念を消そう。結局は書くことが好きなんだから。


（平成十三年一月）

夢に向かって

あとがき

はがき随筆集「ほつほつたどる」は、有水洋子さんが二十余年をかけて書き留めた作品をまとめたものです。この度、機会を得て私の写真を添える形で出版することになりました。

まず考えたのは、文章の邪魔にならないように、写真を挿絵風にアレンジできないかということでした。文字言語である文章と、視覚言語である写真が、見開きの紙面の中でうまくコラボレーションできることが大事でした。文章は、一行一行読み進める中で、頭のなかにドラマを作り上げる手法、一方写真は一度に作品全体が見通せる、いわば全体性、全一性の表現手法ですから、両者の主張がうまくコラボできるように腐心しました。

私は今まで風景を主として撮ってきました。しかし、風景写真は紙面いっぱいに拡大しないと、迫力ある自然の壮大さが表現できません。そこで題材を、花や鳥、人物、動物、静物などに多く求めました。そのことの是非については広くご教示いただきたいと思っています。

有水洋子さんは、教師仲間の先輩でもあります。小学校と幼稚園が同じ敷地内にあり、運動会や職員行事など一緒にすることもありました。

私が退職した時に、毎日ペングループの会に誘われたこともあり、そのころから、文章を書いたり俳句をつくられたりされていることを心に留めていました。この度は共著という光栄の場を与えていただいたことに感謝しています。

随筆集出版につきましては、ステンドグラス作家日高しき様には、たくさんの作品を提供していただき、紙面を飾らせてもらいました。
また、小林欽之様には挿絵についてのご指導を賜り、大変助かりました。

海鳥社の原野義行様をはじめ、関係者の皆様には、多大なご苦労をおかけしました。ここに厚くお礼申し上げます。

平成三十年二月吉日

金澤　啓

有水洋子（ありみず・ようこ）

1931年　鹿児島県日置郡東市来町（現日置市）に生まれる
1948年　福岡県立直方南高等女学校卒業
1950年　筑豊高等学校普通科卒業
1954年　宮田町私立大之浦幼稚園勤務
1957年　退職
1957年　宮田町立幼稚園勤務
1990年　退職
1990年　筑豊毎日ペングループに入会。現在に至る
現住所：〒823－0011
福岡県宮若市宮田4611－15

金澤　啓（かなざわ・とおる）

1937年　福岡県鞍手郡宮田町（現宮若市）に生まれる
1959年　福岡学芸大学（本校）卒業
北九州管内小学校に勤務
1995年　退職
学校法人飯塚学園ひまわり幼稚園勤務
2001年　退職
2010年　写真の会「写友水巻」に入会
2015年　『風の散歩道　金澤啓写文集』を刊行
2017年　『道草の詩　金澤啓写文集Ⅱ』を刊行
現住所：〒823－0011
福岡県宮若市宮田3754

はがき随筆集《ずいひつしゅう》　ほつほつたどる

■

2018年7月31日　第1刷発行

■

文・有水洋子　写真・金澤啓
発行者　杉本雅子
発行所　有限会社海鳥社
〒812-0023　福岡市博多区奈良屋町13番4号
電話092（272）0120　FAX092（272）0121
http://www.kaichosha-f.co.jp
印刷　ダイヤモンド秀巧社印刷株式会社
［定価は表紙カバーに表示］
ISBN978-4-86656-030-4